思玄賦十八
悲憤詩十九
胡笳二十
登樓賦
歸去來辭
鳴皐歌
引極
山中人
望終南

魚山迎送神
日晚
復志賦
閔己賦
別知賦
訟風伯
弔田橫
享羅池
琴操

招海賈
懲咎賦
閔生賦
夢歸賦
弔屈原
弔萇弘
弔樂毅
乞巧文
憎王孫

幽懷
書山石
寄蔡氏女
服胡麻賦
毀璧
秋風三疊
鞠歌
擬招
右楚辭後語目録以鼂氏所集録續變二書刊

補定著凡五十二篇鼂氏之爲此書固主於辭而亦不得不兼於義今因其舊則其考於辭也宜益精而擇於義也當益嚴矣此余之所以兢兢而不得不致其謹也蓋屈子者窮而呼天疾痛而呼父母之詞也故今所欲取而使繼之者必其出於幽憂窮蹙怨慕淒涼之意乃爲得其餘韻而宏衍鉅麗之觀懽愉快適之語宜不得而與焉至論其等則又必以無心而冥會者爲貴其或有是則雖遠且賤猶將汲而進之一有意於求似則雖迫真如揚柳亦不得已而取之耳若其義則首篇所著荀卿子之言指意深切詞調鏗鏘君人者誠能使人朝夕諷誦不離於其側如衛武公之抑戒則所以入耳而著心者豈但廣廈細旃明師勸誦之益而已哉此固余之所爲眷眷而不能忘者若高唐神女李姬洛神之屬其詞若不可廢而皆棄不錄則以義裁之而斷其爲禮法之罪人也高唐卒章雖有恩萬方憂國害開聖賢輔不逮之云亦屠兒之禮

佛倡家之讀禮耳幾何其不爲獻笑之資而何諷一之有哉其息夫躬柳宗元之不棄則鼂氏巳言之矣至於揚雄則未有議其罪者而余獨以爲是其失節亦蔡琰之儔耳然琰猶知愧而自訟若雄則反訕前哲以自文宜又不得與琰比矣今皆取之豈不以夫琰之母子無絕道而於雄則欲因反騷而著蘇氏洪氏之貶詞以明天下之大戒也陶翁之詞鼂氏以爲中和之發於此不類特以其爲古賦之流而取之是也抑以其自謂晉臣恥事二姓而言則其意亦不爲不悲矣序列於此又何疑焉至於終篇特著張夫子呂與叔之言蓋又以告夫游藝之及此者使知學之有本而反求之則文章有不足爲者矣其餘微文碎義又各附見於本篇此不暇悉著云

楚辭後語卷第一

成相第一

成相者楚蘭陵令荀卿子之所作也荀卿趙人名況學於孔氏門人馯臂子弓者尤邃於禮著書數萬言少游學於齊歷威宣至襄王時三爲稷下祭酒後以避讒適楚春申君以爲蘭陵令春申君死荀卿亦廢遂家蘭陵而終焉此篇在漢志號成相雜辭凡三章雜陳古今治亂興亡之效託聲詩以風時君若將以爲工師之誦旅賁之

規者其尊主愛民之意亦深切矣相者助也舉重勸力之歌史所謂五羖大夫死而春者不相杵是也卿非屈原之徒故劉向王逸不錄其篇今以其詞亦託於楚而作又頗有補於治道故錄以附焉然黃歇亂人卿乃以爲託身行道之所則已誤矣卿學要爲不醇粹其言精神相反爲聖人意乃近於黃老而後後王君論五者或頗出

入申商閒此其所以傳不壹再而爲督責坑焚之禍也差之豪釐謬以千里可不謹哉可不謹哉

請成相世之殃愚闇愚闇墮賢良人主無賢如瞽無相何倀倀相並息亮反上叶平聲墮許規反倀丑羊反○相助也成相助力之歌也墮壞也瞽無相者瞽者無目故必使人助之亦謂之相不可無也倀倀狂惑之皃

請布基慎聖人愚而自專事不治主忌苟勝羣臣莫諫必逢災慎讀作順人叶音兒治直吏反叶平聲災叶音滋○布基謂陳布基業之事也忌猜忌也苟勝不顧義理而苟求勝人若下文所引商紂之事也

論臣過反其施尊主安國尚賢義拒諫飾非愚而上同國必禍過叶音規義叶平聲禍叶許規反○論論其罪而治之也言治臣下之過者必當自省而反其所爲不可尤而効之也欲尊主安國者必尚賢義然後可爲若紂之知足以飾非辨足以拒諫己自愚暗又欲使人同己則國必禍也上與尚同

曷謂罷國多私比周還主黨與施遠賢近讒忠臣蔽塞主勢移罷讀作疲比必寐反遠近皆去聲○疲謂弱不任事也國語曰罷士無伍罷女無家是也若國多私則其君亦罷矣還繞也讒人用事能使忠臣蔽塞而人莫敢言則權在於彼而不在君矣此主勢所以移於下也

曷謂賢明君臣上能尊主愛下民主誠聽之天下爲一海內賓賢叶胡鄰反○賢謂賢臣

也能明君臣之道則爲賢臣也
主之孽讒人達賢能遁逃國乃蹷愚以重愚闇以重闇成爲桀
孽災也蹷顚覆也久而愚闇愈甚遂至於夏桀之無道也
世之災妬賢能飛廉知政任惡來卑其志意大其園囿高其臺
能叶奴來反臺下本有榭字以韻叶之知是後人誤加今刪去○惡來飛廉之子惡來有力飛廉善走父子俱以材力事紂也卑其志意言無遠慮不慕往古蓋當高者反卑而當卑者反高也
武王怒師牧野紂卒易鄉啓乃下武王善之封之於宋立其祖
怒叶去聲野叶上與反鄉讀作向下叶音戶○易鄉回也謂前徒倒戈攻于後啓微子名下降也立其祖使祭祀不絶也
世之衰讒人歸比干見刳箕子累

武王誅之呂尚招麾殷民懷
刳音枯累平聲與纍同懷胡威反○比干箕子事見九章天問纍因繫也呂尚太公也
世之禍惡賢士子胥見殺百里徙穆公得之強配五伯六卿施
禍叶許詭反伯讀爲霸施叶上聲○子胥吳大夫伍員字也諫夫差不聽爲所殺百里奚虞公之臣徙遷也謀不見用虞滅係虜遷徙於秦穆公秦伯任好也六卿天子之制施猶置也言其強大僭置天子之官也
世之愚惡大儒逆斥不通孔子拘展禽三絀春申道綴基畢輸
惡去聲綴讀作輟○逆拒斥逐大儒不使通拘謂畏匡厄陳也展禽魯大夫名獲居於柳下謚曰惠爲士師三見絀春申楚相黃歇封爲春申君綴止也畢盡也輸傾委也言春申爲李園所殺其政治基業盡傾覆委地也
請牧基

賢者思堯在萬世如見之讒人罔極險陂傾側此之疑陂與詖同○牧治也言賢者必常見思雖久不忘但讒人必欲毀之使人君疑於此人然後己得行其姦詐也基必施辨賢罷文武之道同伏戲由之者治不由者亂何疑爲罷音見上戲與羲同○文武周文王武王伏戲古帝王太昊氏始畫八卦造書契者言古今一理順之則治逆之則亂無可疑也

凡成相辨法方至治之極復後王愼墨季惠百家之說誠不祥祥一作詳○後王當時之王謂當自立後爲一王之法不必事事涅古也愼愼到墨墨翟季季梁列子云楊朱之友也惠惠施也祥善也治復一脩之吉君子執之心如結衆人貳之讒夫棄之形是詰結叶音吉形當作刑○復一歸於一理也心如結言堅固不解也貳之不一也棄之不由也如此之人皆當以刑詰之也

水至平端不傾心術如此象聖人而有埶直而用抴必參天人下脫一字屬下句抴余制反天叶鐵因反○承上章言聖人則心平如水無徃而非一矣抴引也未詳世無王窮賢良暴人芻豢仁人糟糠禮樂滅息聖人隱伏墨術行行叶戶郎反○無王者與則賢良窮困

治之經禮與刑君子以修百姓寧明德愼罰國家既治四海平治直吏反治之志後埶富君子誠之好以待處之敦固有深藏之能遠思治同上富叶音費好去聲待叶音地有讀爲又思叶

去聲○爲治之意後權埶與富者則公道行而貨賂息也誠之好以待若誠意好之以待用也
勲之厚固又能深藏則能遠慮也思乃精志之榮好而壹之神
以成精神相反一而不貳爲聖人好去聲○好而不二則通
於神明矣相反謂反覆不離散治之道美不老君子由之佼以
好下以教誨子弟上以事祖考佼音絞○老休息也爲治當日
新其美不使休息佼亦好也成相竭辭不蹷君子道之順以
達宗其賢良辨其殃孽蹷音厥○竭盡也蹷仆也此論成相之事雖至
終篇辭不仆蹷言無窮也道言說也辭既不蹷君子言之必和順而通達

右一章

請成相道聖王堯舜尚賢身辭讓許由善卷重
義輕利行顯明讓叶平聲卷音拳明叶音芒○道亦言也堯讓天下於許由舜
讓天下於善卷二人不受並見莊子堯讓賢以爲民氾利兼愛德
施均辨治上下貴賤有等明君臣賢叶音形爲去聲○爲萬
民求明君所以不私其子堯授能舜遇時尚賢推德天下治
雖有賢聖適不遇世孰知之能叶音尼治叶平聲堯不德
舜不辭妻以二女任以事大人哉舜南面而立
萬物備德叶音帝辭叶音似妻去聲大人哉舜四字爲一小句○堯授舜以天下而不
自以爲德舜受堯之天下而不辭授受皆以至公無私情也舜授禹以天下

尚得推賢不失序外不避仇內不阿親賢者予下叶音户得當作德序予並叶上聲○舜之授禹亦以天下之故也不避仇謂殛鯀與禹不阿親則不私其子惟賢者則予之也禹勞心力堯有德干戈不用三苗服舉舜甽畝任之天下身休息甽與畎同○三苗服見尚書乃舜事此誤也得后稷五穀殖夔爲樂正鳥獸服契爲司徒民知孝弟尊有德稷夔契事並見尚書亦堯臣舜申命之禹有功抑下鴻辟除民害逐共工北決九河通十二渚疏三江辟與闢同共音恭○抑遏也下謂治水使歸下也鴻即洪水也流共工決九河通三江並見尚書但流共工亦舜事今以爲禹誤矣十二渚亦未詳其名

數禹溥土平天下躬親爲民行勞苦得益皐陶橫革直成爲輔溥一作傅皆讀爲敷○溥土見尚書言洪水泛濫禹分布治九州之土也益皐陶見尚書橫革直成未詳契玄王生昭明居於砥石遷于商十有四世乃有天乙是成湯明叶音芒○玄王者契本以母簡狄呑玄鳥卵而生故追號之曰玄王也昭明契子也砥石未詳或云即砥柱也商商丘也十四世見史記天乙湯論舉當身讓卞隨舉牟光道古賢聖基必張當叶平聲牟或作務○湯讓天下於卞隨務光二人不受亦見莊子又言湯能行古聖賢之事故基業張大也願陳辭世亂惡善不此治隱諱疾賢良由姦詐鮮無災患難哉阪爲

先此一節有脫誤患難哉阪爲先尤不可曉姑闕之聖知不用愚者謀前車已覆後未知更何覺時此上亦脫六字謀叶音縻更平聲○後後車也更改也謂改轍也屬上小句何覺時言前事之戒如此之明而猶不覺悟後豈復有覺悟時也不覺悟不知苦迷惑失指易上下忠不上達蒙揜耳目塞門户悟叶上聲指下一有不字非是下叶音户門户塞大迷惑悖亂昏莫不終極是非反易比周欺上惡正直比必寐反惡去聲○莫冥莫言闇也正是惡心無度邪枉辟回失道途已無郵人我獨自美豈無故一是作直辟讀爲僻途叶去聲郵一作尤一本豈下有獨字非是○正直是惡則心無尺度不知長短所向無非邪辟之途矣豈可尤責它人而自以爲美乎蓋凡事之得失必有其故當自省也

不知戒後必有恨後遂過不肯悔讒夫多進反覆言語生詐態有疑當作悔恨後疑當作後復人之態不如備爭寵嫉賢利惡忌妬功毀賢下斂黨與上蔽匿如當作知匿叶奴計反○言人之詐態上若不知爲備則有忌嫉蔽匿之患也利惡忌謂以惡忌賢者爲己利也斂聚也下聚黨與則上蔽匿矣上壅蔽失輔埶任用讒夫不能制孰公長父之難厲王流于彘父音甫難去聲○主蔽匿則賢人不得盡忠於上而自失輔助之勢蓋其始以讒人爲可任而後已失勢遂不能制之也孰當作郭郭公長父周厲王之臣未詳其事彘地名在河東厲王無道信任小

人專利監謗遂爲國人所逐而流于彘周幽厲所以敗不聽規諫忠是害嗟我何人獨不遇時當亂世幽厲王孫幽王也淫昬暴虐無道尤甚後爲犬戎所殺欲衷對言不從恐爲子胥身離凶進諫不聽剄而獨鹿棄之江衷對當作對衷乃與韻叶而一作以鹿與麗同音鹿一說獨鹿一作屬鏤上之欲反下力朱反江叶音工○衷誠也欲對以誠恐言不從而遇禍如子胥也獨鹿罜麗小器也言子胥自剄之後盛以小器而棄之江也一說獨鹿屬鏤也劒名吳王以賜子胥使自剄者也二說未知孰是然作獨鹿即以當作而作屬鏤即而當作以觿謂依本文者近是觀往事以自戒治亂是非亦可識託於成相以喻意戒叶音計識叶音志

右二章

請成相言治方君論有五約以明君謹守之下皆平正國乃昌明叶音芒○論爲君之道有五甚簡約明白謂臣下職一也君法明二也刑稱陳三也言有節四也上通利五也○臣下職莫游食務本節用財無極事業聽上莫得相使一民力○守其職足衣食厚薄有等明爵服利往卬上莫得擅與孰私得服叶蒲北反卬宜亮反○游食謂不勤於事素飡游手也所與事業皆聽於上羣下不得擅相役使則民力一也又言民不失職則衣食足明爵服謂貴賤有等也利之所往皆卬於上莫得擅爲賜與則誰敢私得於人乎擅相賜與若齊田氏然○

君法明論有常表儀既設民知方進退有律莫得貴賤孰私王○君法儀禁不爲莫不說教名不移修之者榮離之者辱孰它師（明叶音芒○君法所以明在言論有常不二三也進退人皆以法律臣下不得以意爲貴賤則孰有能自相貴者乎又言君者民之法儀當自禁止不爲惡既能正己則民皆悅上之教而善名不移也孰敢以它爲師言皆歸王道不敢離貳也）○刑稱陳守其銀下不得用輕私門罪禍有律莫得輕重威不分○請牧祺明有基主好論議必善謀五聽循領莫不理續主執持○聽之經明其請參伍明謹施賞刑顯者必得隱者復顯民反誠（稱尺證反銀與垠同門叶音民分叶孚巾反謀叶音麋請當作情○稱謂當罪當罪之法施陳則各守其分限矣下不得專用刑法則私門自輕矣禍亦罪也祺吉也又言請牧治吉祥之事在明其所有之基業五聽見周禮循領謂修之使得綱領莫不有文理相續也主自執持此道不使權歸於下矣參伍猶錯雜也又言或往參之或往伍之皆使明謹施其賞刑言精研不使僭濫也幽隱皆通則民不詐僞矣）○言有節稽其實信誕以分賞罰必下不欺上皆以情言明若日（節叶音即○節謂法度欲使民言有法度不欺誑在稽考其事實也）○上通利隱遠至觀法不法見不視耳目既顯吏敬法令莫敢恣（上通利不壅蔽則幽隱遐遠者皆至也所觀之法非法則

雖見不視也此已上君論有五之事也君教出行有律吏謹將之
無鈹滑下不私請各以宜舍巧拙鈹與披同滑與汩同音骨
以下疑脫所守○五論既明則教令之出皆有法律而吏謹持之無敢紛披汩亂者矣羣下孰敢私請不守所宜而以巧拙爲強弱哉臣謹修君制變公察善思
論不亂以治天下後世法之成律貫言臣下但當謹守法度而君制其變以出非常之斷公察而善思之則其論不亂而天下後世皆得守之以成法律之條貫也或疑思當作惡

右三章

佹詩第二

佹詩者荀卿子之所作也或曰荀卿既爲
蘭陵令客有說春申君者曰湯以亳武王
以鎬皆有天下今荀子賢而君借以百里
之勢臣爲君危之春申君乃謝荀子荀子
去之趙人又說春申君曰昔伊尹去夏入
殷殷王而夏亡管仲去魯入齊魯弱而齊
強賢者所在其君未甞不尊榮也今荀子
天下賢士君何爲謝之春申君又使人請
荀子荀子不還而遺之賦蓋即此佹詩也

然此其說又與前異未知其果孰是去
天下不治請陳佹詩治叶平聲佹與詭同○佹詩佹異激切之詩也○天
地易位四時易鄉列星隕墜旦暮晦盲幽闇登
昭日月下藏盲叶音芒昭或作照公正無私反見從横志
愛公利重樓踈堂無私罪人憼革二兵道德純
備讒口將將仁人絀約敖暴擅强天下幽險恐
失世英螭龍為蝘蜓鴟梟為鳳皇比干見刳孔
子拘匡横叶音黄憼與儆同兵叶補芒反將七羊反敖與傲同英叶音央螭丑知反蝘
音偃蜓音典鴟稱脂反梟工堯反○反見從横者反見謂為從横反覆之人也愛猶貪也竊取

公家之利以為己有而反得華屋以居也憼戒也華甲也二副也言無私心而治有罪之人乃
反恐為所讎害而常為兵革以備之也將將聲也詩曰佩玉將將螭見九歌蝘蜓蝪蜥也鴟梟
見惜誓
昭昭乎其知之明也郁郁乎其遇時之不
祥也拂乎其欲禮義之大行也闇乎天下之晦
盲也明盲皆叶音芒行叶戶郎反○揚倞曰郁郁有文章貌拂違也此蓋誤耳當為拂乎
其遇時之不祥也郁郁乎其欲禮義之大行也晦盲言人莫之識也皓天不復憂
無疆也千秋必反古之常也弟子勉學天不忘
也聖人共手時幾將矣皓與昊同秋一作歲共讀為拱○言若使昊天
之運往而不復則所憂無窮顧盛衰消息循環代至未有千歲而不反者此固古今之常理也

弟子亦勉於學以俟時耳天道神明豈終忘此世者哉况今之時衰亂已極雖有聖人亦拱手而不能有爲蓋物極必反時運之開其亦將不久矣**與愚以疑願聞反辭**此爲子弟承勉學之訓而請問之詞愚爲其自稱也蓋曰聖人拱手則天下果已不可爲矣而曰時幾將矣則是與我以疑而使我終不能曉也故願聞其所以必反之説而使我無所疑也

其小歌也九章亦有少歌此即反詞也

念彼遠方何其塞矣仁人詘約暴人衍矣忠臣危殆讒人般矣塞字音義皆未詳或恐是蹇字也般音盤叶蒲典反一作服九歌首章服亦作般蓋通用也○衍饒裕也般樂也

琁玉瑤珠不知佩也雜布與錦不知異也

閭娵子奢莫之媒也嫫母刀父是之喜也琁音旋佩叶音備娵子侯反媒叶音寐嫫音謨喜許旣反○璇赤玉瑤美玉布錦不異言精粗不同而不能辨也閭娵子奢古之美女也或曰奢當作都然則乃謂男子也嫫母已見九章刀父未詳

以盲爲明以聾爲聰以危爲安以吉爲凶嗚呼上天曷維其同言衰亂之極人懷私意乖異反易至於如此故呼天而問之曰何爲而可使之同乎同則合乎天下之公是非善惡皆當於理而天下治矣此明天意悔禍則轉禍爲福撥亂反正不足爲難以解弟子之惑也或曰雲漢之卒章曰瞻卬昊天曷惠其寧恐此或用其語則維當作惠而文意愈明白矣

易水歌第三

易水歌者燕刺客荆軻之所作也燕太子

丹患秦攻伐諸侯無已時使荊軻奉督亢之圖樊於期之首入秦刺秦王將發太子及賓客知其事者皆白衣冠以送之至易水之上既祖取道高漸離擊筑荊軻和而歌爲變徵之聲士皆垂淚涕泣又前而歌復爲羽聲忼慨士皆瞋目髮盡上指冠於是荊軻就車而去夫軻匹夫之勇其事無足言然於此可以見秦政之無道燕丹之淺謀而天下之勢已至於此雖使聖賢復生亦未知其何以安之也且余於此又特以其詞之悲壯激烈非楚而楚有足觀者於是録之它固不遑深論云

風蕭蕭兮易水寒壯士一去兮不復還

越人歌第四

越人歌者楚王之弟鄂君泛舟於新波之中榜枻越人擁棹而歌此詞其義鄙褻不足言特以其自越而楚不學而得其餘韻且於周太師六詩之所謂興者亦有契焉

知聲詩之體古今共貫胡越一家有非人之所能爲者是以不得以其遠且賤而遺之也

今夕何夕兮搴洲中流今日何日兮得與王子同舟蒙羞被好兮不訾詬恥心幾頑而不絕兮得知王子山有木兮木有枝心説君兮君不知

垓下帳中之歌第五

垓下帳中歌者西楚霸王項羽之所作也漢王大會諸侯以伐楚羽壁垓下軍少食盡漢帥諸侯圍之數重羽夜聞漢軍四面皆楚歌乃驚曰漢皆已得楚乎是何楚人多也起飲帳中有美人姓虞氏常幸從駿馬名騅常騎（蒼白雜毛曰騅）羽廼悲歌忼慨自爲歌詩歌數曲美人和之羽泣下數行左右皆泣莫能仰視於是羽遂上馬戲下騎從者八百餘人夜直潰圍南出漢追及之羽遂自剄羽固楚人而其詞忼慨激烈有千載不平之餘憤是以著之若其成敗得失

則亦可以爲強不義者之深戒云

力拔山兮氣蓋世時不利兮騅不逝騅不逝兮可柰何虞兮虞兮柰若何

大風歌第六

大風歌者漢太祖高皇帝之所作也上破黥布於會甀（上工外反 下丈瑞反）還過沛留置酒沛宮悉召故人父老子弟佐酒發沛中兒得百二十人教之歌酒酣上擊筑（筑音竹。狀似琴而大頭細頸安弦以竹擊之故名爲筑）自歌令兒皆歌習之上

乃起舞忼慨傷懷泣數行下謂沛父兄曰游子悲故鄉吾雖都關中萬歲之後吾䰟魄猶思沛且朕自沛公以誅暴逆遂有天下其以沛爲朕湯沐邑復其民世世無有所與此其歌正楚聲也亦名三侯之章文中子曰大風安不忘危其霸心之存乎美哉乎其言之也漢之所以有天下而不能爲三代之王其以是夫然自千載以來人主之詞亦未有若是其壯麗而奇偉者也

嗚呼雄哉

大風起兮雲飛揚威加海内兮歸故鄉安得猛士兮守四方

鴻鵠歌第七

鴻鵠歌者漢高帝之所作也初呂后起閭閻佐帝定天下既老而踈太子盈又柔弱而戚夫人有寵於上上以其子趙王如意爲類己欲廢太子而立之呂后恐不知所爲問計於留侯留侯爲畫計使太子卑詞厚禮招隱士四人以爲客後上置酒太子侍四人者從年皆八十有餘須眉皓白衣冠甚偉上怪問之四人前對各言姓名上廼驚曰吾求公公避逃我何自從吾兒遊乎四人曰陛下輕士善罵臣等義不辱故恐而亡匿今聞太子仁孝恭敬愛士天下莫不延頸願爲太子死者故臣等來上曰煩公幸卒調護太子四人爲壽已畢趨出上目送之召戚夫人指視之曰我欲易之

彼四人者輔之羽翼已成難動矣吕氏眞
廼主矣戚夫人泣涕上曰爲我楚舞吾爲
若楚歌歌數闋戚夫人歔欷流涕上起去
罷酒竟不易太子云余嘗怪留侯明炳幾
先筭無遺策而其爲此則不唯不暇爲高
祖愛子計亦不復爲漢家社稷計矣抑高
祖之歌詞如此而其言曰吕氏眞廼主矣
此又豈專以太子柔弱之故而爲是舉哉
一念之差基怨造禍以至於此固無兩全
之理矣留侯姑亦權其正且重者而存之
以爲是甚不獲已之計非別有長策而故
左之以就此也嗚呼向使高祖之心本不
出於私愛則必能深以天下國家之大計
爲己憂而蚤與張陳陵勃諸公謀之帷幄
以定其論可則以恒易盈固爲兩得不可
則姑仍其舊而屬大臣輔以誼庶幾吕氏
悍戾之心亦無所激而將自平則後來之
禍猶可以不至於若是其烈今既不然則

杜牧所謂四老安劉反爲滅劉者眞可爲寒心也哉抑此詞卒章意象蕭索亦非復三侯比矣

鴻鵠高飛一舉千里羽翼已就横絶四海海叶音喜○絶謂飛而直度也横絶四海又可柰何雖有矰繳尚安所施施叶踈何反○繳弋射也其矢曰矰

楚辭後語卷第一

楚辭後語卷第二

弔屈原第八

服賦第九並見續離騷

瓠子之歌第十

瓠子歌者漢孝武帝之所作也帝既封禪乃發卒數萬人塞瓠子決河還自臨祭沈白馬玉璧令羣臣從官皆負薪窴決河時東郡燒薪柴少乃下淇園之竹以爲楗燒旱也樹竹塞水決口謂之楗以草塞其裏乃以土塡之有石以石爲之天子悼其功之不就爲作歌詩二章於是卒塞瓠子築宮其上名曰宣防史記防作房後同而導河北行二渠復禹舊迹自此梁楚之地復寧無水災矣歸來子曰先是帝封禪巡祭山川殫財極侈海內爲之虛耗及爲此歌乃閔然有顧神憂民惻怛之意云

瓠子決兮將柰何浩浩洋兮慮殫爲河史記浩作皓慮作閭註云謂川閭也殫爲河兮地不得寧功無已時兮吾山平吾山平兮鉅野溢魚弗鬱兮柏冬日註云吾山

疑謂東阿魚山也平者鑿山以填河故山平也鉅野即禹貢之大野澤史記弗作沸弗鬱憂不樂也柏與迫同水長涌溢穢濁不清故魚不樂又迫冬日將甚困也正道弛兮離常流蛟龍騁兮放遠遊史記正作延正道河之正道也弛壞也歸舊川兮神哉沛不封禪兮安知外沛普大反○神哉沛言神靈滂沛也又言不因封禪則不知關外有此水為我謂河伯兮何不仁泛濫不止兮愁吾人漢書為我二字作皇伯作公齧桑浮兮淮泗滿久不反兮水維緩水維水之綱維也

右一

河湯湯兮激潺湲北渡回兮迅流難史記回作迂迅作浚搴長茭兮湛美玉河伯許兮薪不屬搴音騫茭音交竹葦絙以引置土石者也湛讀為沈美玉即玉璧也屬之欲反沈玉禮神神已見許但以薪不屬逮故無功也薪不屬兮衛人罪燒蕭條兮噫乎何以御水御與禦同止也東郡衛地言以旱燒而薪不屬乃衛人之罪將何以止水也隤林竹兮揵石菑宣防塞兮萬福來隤林竹即所謂下淇園之竹菑側其反臿也揵石菑者臿石立之以為揵也

右二

秋風辭第十一

秋風辭者漢武帝之所作也帝幸河東祠

后土讌飲中流歡甚作此文中子曰秋風樂極而哀來其悔心之萌乎

秋風起兮白雲飛草木黄落兮鴈南歸蘭有秀兮菊有芳懷佳人兮不能忘汎樓船兮濟汾河横中流兮揚素波簫鼓鳴兮發櫂歌懽樂極兮哀情多少壯幾時兮奈老何蘭秀菊芳以興下句之詞與湘夫人及越人歌同法知此則知興之體矣

烏孫公主歌第十二

烏孫公主歌者漢武帝元封中以江都王建女細君爲公主妻烏孫王昆莫爲右夫人公主至其國自治宫室居歲時一再與昆莫會置酒飲食昆莫年老言語不通公主悲愁自爲作歌如此昆莫乃上書請使其孫尚公主詔許之公主不聽亦上書言狀天子乃報使從其俗公主詞極悲哀固可録然并著其本末者亦以爲中國結昏夷狄自取羞辱之戒云

吾家嫁我兮天一方遠託異國兮烏孫王穹廬

爲室兮旃爲牆以肉爲食兮酪爲漿（食飤也音嗣）居
常土思兮心內傷願爲黃鵠兮歸故鄉

長門賦第十三

長門賦者司馬相如之所作也歸來子曰
此諷也非高唐洛神之比梁蕭統文選云
漢武帝陳皇后得幸頗妬別在長門宮聞
蜀郡司馬相如天下工爲文奉黃金百斤
爲相如文君取酒因求解悲愁之辭而相
如爲文以悟主上皇后復得幸而漢書皇

后及相如傳無奉金求賦復幸事然此文
古妙最近楚辭或者相如以后得罪自爲
文以諷非后求之不知叙者何從實此云

夫何一佳人兮步逍遥以自虞魂踰佚而不返
兮形枯槁而獨居言我朝往而暮來兮飲食樂
而忘人心慊移而不省故兮交得意而相親伊
予志之慢愚兮懷貞慤之歡心願賜問而自進
兮得尚君之玉音奉虛言而望誠兮期城南之
離宮脩薄具而自設兮君不肯兮幸臨廓獨潛

而專精兮天飄飄而疾風登蘭臺而遥望兮神
怳怳而外淫浮雲鬱而四塞兮天窈窈而晝陰
雷隱隱而響起兮聲象君之車音飄風迴而起
閨兮舉帷幄之襜襜桂樹交而相紛兮芳酷烈
之闇闇孔雀集而相存兮玄猿嘯而長吟翡翠
脅翼而來萃兮鸞鳳飛而北南心憑噫而不舒
兮邪氣壯而攻中下蘭臺而周覽兮步從容於
深宮正殿塊以造天兮鬱並起而穹崇閒徙倚
於東廂兮觀夫靡靡而無窮擠玉戶以撼金鋪
兮聲噌吰而似鍾音刻木蘭以為榱兮飾文杏

以為梁羅丰茸之游樹兮離樓梧而相撐施瑰
木之欂櫨兮委參差以槺梁時髣髴以物類兮
象積石之將將五色炫以相曜兮煥爛爗而成
光致錯石之瓴甓兮象瑇瑁之文章張羅綺之
幔帷兮垂楚組之連綱撫柱楣以從容兮覽曲
臺之央央白鶴噭以哀號兮孤雌跱於枯楊日
黃昏而望絕兮悵獨託於空堂懸明月以自照
兮徂清夜於洞房援雅琴以變調兮奏愁思之

不可長案流徵以却轉兮聲幼妙而復揚貫歷
覽其中操兮意慷慨而自卬左右悲而垂淚兮
涕流離而從横舒息悒而增欷兮蹝履起而彷
徨揄長袂以自翳兮數昔日之諐殃無面目之
可顯兮遂頹思而就床摶芬若以為枕兮席荃
蘭而茝香忽寢寐而夢想兮魂若君之在傍惕
寤覺以無見兮魂迋迋若有亡衆雞鳴而愁予
兮起視月之精光觀衆星之行列兮畢昴出於
東方望中庭之藹藹兮若季秋之降霜夜漫漫

其若歲兮懷鬱鬱其不可再更澹偃蹇而待曙
兮荒亭亭而復明妾人竊自悲傷兮究年歲而
不敢忘

哀二世賦第十四

哀二世賦者司馬相如之所作也相如嘗
從上至長楊獵還過宜春宮宜春者本秦
離宮閻樂殺胡亥之地也相如奏賦以哀
二世行失其詞如此蓋相如之文能侈而
不能約能諂而不能諒其上林子虛之作

既以誇麗而不得入於楚詞大人之於遠
遊其漁獵又泰甚然亦終歸於諷也特此
二篇爲有諷諫之意而此篇所爲作者正
當時之商監尤當傾意極言以寤主聽顧
乃低佪局促而不敢盡其詞焉亦足以知
其阿意取容之可賤也不然豈其將死而
猶以封禪爲言哉

登陂陁之長阪兮坌入曾宮之嵯峨臨曲江之
隑州兮望南山之參差巖巖深山之谾谾兮通
谷𧮫乎谽谺陂普何反陁徒何反坌音頓步頓二反並也曾重也隑巨依反曲岸
頭也與碕同差叶初歌反谾谾音籠深通皃𧮫呼活反谽呼含反大開皃谺呼加反叶音河
汩淢靸以永逝兮注平皐之廣衍觀衆樹之蓊
薆兮覽竹林之榛榛汩于筆反淢音域疾皃靸先合反輕擧意皐水邊地
也蓊烏孔反薆音愛陰蔽皃榛側巾反盛皃叶韻未詳恐有棧音東馳土山兮
北揭石瀨弭節容與兮歷弔二世持身不謹兮
亡國失勢揭丘例反褰衣而涉也石而淺水曰瀨信讒不寤兮宗
廟滅絶烏乎操行之不得墓蕪穢而不修兮魂
亡歸而不食操七到反

自悼賦第十五

自悼賦者漢孝成班倢伃之所作也班氏世世以儒學顯倢伃以選入宮貴幸嘗從游後庭帝召欲與同輦載詞曰觀古圖畫賢聖之君皆有名臣在側三代末主迺有嬖女今欲同輦得無近似之乎上善其言而止近臣斬反倢伃誦詩及窈窕德象女師之篇每進見上疏依則古禮詩謂關雎以下也窈窕德象女師之篇皆古箴戒之書也後趙飛燕姊弟自微賤興倢伃稀復進見飛燕遂譖倢伃祝詛主上考問倢伃倢伃對曰妾聞死生有命富貴在天脩正尚未蒙福爲邪欲以何望使鬼神有知不受不臣之愬如其無知愬之何益故不爲也上善其對事遂釋然倢伃恐久終見危求得共養太后長信宮共居用反養弋向反因作賦以自悼歸來子以爲其詞甚古而侵尋於楚人非特婦人女子之能言者是固然矣至其情雖出於幽怨而能引分以

自安援古以自慰和平中正終不過於慘傷又其德性之美學問之力有過人者則論者有不及也嗚呼賢哉栢舟綠衣見錄於經其詞義之美殆不過此云

承祖考之遺德兮何性命之淑靈登薄軀於宮闕兮充下陳於後庭蒙聖皇之渥惠兮當日月之盛明揚光烈之翕赫兮奉隆寵於增成何音賀任也負也陳列也增成後宮之舍倢伃所居也既過幸於非位兮竊庶幾乎嘉時每寤寐而絫息兮申佩離以自思陳女圖以鏡監兮顧女史而問詩悲晨婦之作戒兮哀褒閻之爲郵美皇英之女虞兮榮任姒之母周雖愚陋其靡及兮敢舍心而忘茲絫古累字累息言懼而增累喘息也離與褵同袿衣之帶也女子適人父結其褵而戒之故言自思也晨雞見尚書曰牝雞之晨惟家之索言婦人不當預外事也褒褒姒周幽王之嬖妾也見天問閻即詩所謂豔妻亦指褒姒也郵過也皇娥皇英女英見九歌女尼據反女虞謂嫁於虞舜也任太任文王母姒太姒武王母也郵周皆叶時韻讀舍息也歷年歲而悼懼兮閔蕃華之不滋痛陽祿與柘館兮仍繈褓而離災豈妾人之殃咎兮將天命之不可求陽祿柘館二觀名使

伃嘗就産子數月失之災求並叶滋韻白日忽已移光兮遂晻莫而昧幽猶被覆載之厚德兮不廢捐於罪郵奉共養于東宮兮託長信之末流共洒埽於帷幄兮永終死以爲期願歸骨於山足兮依松栢之餘休晻與暗同又烏感反莫讀作暮或曰靜也如字郵共養並見上流下共居容反洒音灑埽先到反山足謂陵下休廕也

重曰潛玄宮兮幽以清應門閉兮禁闥扃華殿塵兮玉階落中庭萋兮綠草生廣室陰兮帷幄暗房櫳虛兮風泠泠感帷裳兮發紅羅紛綷縩兮紈素聲神眇眇兮密靚處君不御兮誰爲榮應門正門也扃短關也落音臺萋音妻櫳疏檻也來東反感動也綷千賄反縩音蔡衣聲靚與靜同俯視兮丹墀思君兮履綦仰視兮雲屋雙涕兮橫流丹墀赤地也綦音其覆下飾也雲屋言其黮䨴若雲也流叶綦韻顧左右兮和顏酌羽觴兮銷憂惟人生兮一世忽已過兮若浮已獨享兮高明處生民兮極休勉虞精兮極樂與福祿兮無期綠衣兮白華自古兮有之羽觴見招魂享受也休美也虞與娛同綠衣衛莊姜失位自傷之詩白華周幽王申后被廢所作

反離騷第十六

反離騷者漢給事黄門郎新莽諸吏中散大夫揚雄之所作也雄少好詞賦慕司馬相如之作以爲式又怪屈原文過相如至不容作離騷自投江而死悲其文讀之未嘗不流涕也以爲君子得時則大行不得則龍蛇遇不遇命也何必湛身哉湛讀曰沈迺作書往往摭離騷文而反之自崏山投諸江流以弔屈原云始雄好學博覽恬於勢利仕漢三世不徙官然王莽爲安漢公時

雄作法言巳稱其美比於伊尹周公及莽簒漢竊帝號雄遂臣之以耆老久次轉爲大夫又放相如封禪文獻劇秦美新以媚莽意得校書天禄閣上會劉棻等以作符命爲莽所誅辭連及雄使者來欲收之雄恐懼從閣上自投下幾死先是雄作解嘲有爰清爰靜遊神之廷惟寂惟寞守德之宅之語至是京師爲之語曰爰清靜作符命唯寂寞自投閣　雄因病免既復召爲大

夫竟死莽朝其出處大致本末如此豈其所謂龍蛇者邪然則雄固爲屈原之罪人而此文乃離騷之讒賊矣它尚何說哉

有周氏之蟬嫣兮或鼻祖於汾隅靈宗初諜伯僑兮流于末之揚侯蟬嫣連也嫣於連反鼻始也汾隅揚邑也雄自言系出於周而食采於揚也諜譜也周衰而揚氏有號爲揚侯者侯叶音胡

淑周楚之豐烈兮超既離虖皇波因江潭而淮記兮欽弔楚之湘纍淑善也去汾隅徙巫山得周楚之美烈也超速也離歷也皇大也經河及江歷大波也潭深淵也淮音往乘水而往也記書也纍力追反叶力禾反指屈原也纍囚也成

相曰比干見刳箕子累或曰禮喪容纍纍又史記孔子纍纍然如喪家之狗趙武靈王見其長子傫然也皆衰悴之意未知孰是

惟天軌之不辟兮何純絜而離紛紛纍以其淟涊兮暗纍以其繽紛軌路也辟讀爲闢開也紛難也淟吐典反涊乃典反穢濁也繽匹人反繽紛交雜也

漢十世之陽朔兮招搖紀于周正正皇天之清則兮度后土之方貞十世數高祖呂后至成帝也招搖斗杓星也周正十一月也記以此時投文也正天度地自言己志也

圖纍承彼洪族兮又覽纍之昌辭帶鉤矩而佩衡兮履欃槍以爲綦圖案其系圖也鉤規也矩方也衡平也欃槍妖星綦履下飾言賤之也

纍初貯厥麗服兮何文

肆而質[illegible]資娵娃之珍髢兮鬻九戎而索賴貯積也肆放也[illegible]音摵狹也言其文詞放肆而性猶狹也娵子侯反閭娵也娃於佳反吳娃也皆古美女也髢徒計反髮也賴利也言原仕楚如資美女之髢而鬻於九戎之中其人被髮無所用也

鳳皇翔於蓬陼兮豈鴐鵝之能捷騁驊騮以曲囏兮驢騾連蹇而齊足蓬陼蓬萊之陼也鴐音加鴐鵝鳥名也捷及也驊騮駿馬名若馳於屈曲艱阻之處則與蹇驢無異足叶音接

枳棘之榛榛兮蝯貁擬而不敢下靈脩既信椒蘭之唼佞兮吾纍忽焉而不蚤睹榛音臻又士巾反梗櫼皃蝯貁見九歌擬疑也靈脩原以寄意於楚王也椒蘭見騷經唼音妾譖言也

衿芰茄之綠衣兮被夫容之朱裳芳酷烈而莫聞兮不如襞而幽之離房衿其禁反帶也茄古荷字夫容亦古芙蓉字通用餘並見騷經襞音壁疊衣也離房別房也

閨中容競淖約兮相態以麗佳知衆嫭之嫉妒兮何必颺纍之蛾睂佳叶音圭言衆士爭能猶衆女之競容也淖約善容止也態猶勝也言以麗佳相勝也睂古眉字言原自舉其眉使衆憎嫉也音義並見騷經

懿神龍之淵潛兮竢慶雲而將舉亡春風之被離兮孰焉知龍之所處懿美也竢待也龍以潛居待雲爲美以識屈原不能隱德自取禍也被讀曰披

愍吾纍之衆芬兮颺熚熚之芳苓遭季夏之凝霜兮慶夭顇而喪榮苓香草名音零

夏而遭霜言不遇時也慶讀與羌同頷古悴字橫江湘以南淮兮云走
乎彼蒼吾馳江潭之汎溢兮將折乘虛重華走音
奏趣也吾與梧同乘竹仲反說見騷經舒中情之煩或兮恐重華
之不纍與陵陽侯之素波兮豈吾纍之獨見許
陽侯見九章言屈原欲自投江以陵素波舜必不許之也洪興祖曰吾恐重華許原之沈江以
死不許雄之投閣而生也斯言得之矣精瓊靡與秋菊兮將以延
夫天年臨汨羅而自隕兮恐日薄於西山此又譏原
欲餐玉以延年而反懷沙以求死蓋雄知生固我所欲而不知所欲有甚於生者故也解
扶桑之總轡兮縱令之遂奔馳鸞皇騰而不屬

兮豈獨飛廉與雲師此言其去之速也餘說並見騷經卷薜芷
與若蕙兮臨湘淵而投之棍申椒與菌桂兮赴
江湖而漚之若杜若蕙即蕙也此言原之赴水是弁與其芳潔之操而棄之也棍
大東也古本反漚今漚麻也一遘反叶一候反餘見騷經費椒稰以要神兮
又勤索彼瓊茅違靈氛而不從兮反湛身於江
皐音義並見騷經纍既𠬜夫傅說兮奚不信而遂行徒
恐鶗鴂之將鳴兮顧先百草為不芳𠬜古攀字言既慕傅
說何不自信其言而遽去徒以鶗鴂之將鳴為憂而不慮反先百草以就死也餘音義亦見騷
經然傅說乃巫咸之語雄誤以為原詞也初纍棄彼虙妃兮更思瑤

臺之逸女抨雄鳩以作媒兮何百離而曾不壹
耦抨普耕反使也餘見騷經乘雲蜺之旖柅兮望昆侖以樛
流覽四荒而顧懷兮奚必云女彼高丘亦見騷經但高
丘無女本言高丘無美女可求以喻列國無賢君可事耳此詞女字乃作去聲讀恐亦非本文
之意也既亡鸞車之幽藹兮焉駕八龍之委蛇臨
江瀕而掩涕兮何有九招與九歌此言原實無車可乘無馬
可駕又方就死湘淵何有歌舞之樂譏騷經之言不實也夫聖哲之不遭兮
固時命之所有雖增欷以於邑兮吾恐靈脩之
不纍改有叶音以改叶音己言楚王必不爲屈原而改也孟子曰千里而見王是予所

欲也不遇故去豈予所欲哉聖賢之心如此原雖未及而其拳拳於宗國尤見臣子之至情豈
忍逆料其君之不可諫而先自已哉此等義理雄皆不足以知之唯有偷生惜死一路則見之
明而行之熟耳以此譏原是以鴟梟而笑鳳皇也昔仲尼之去魯兮婓
婓遲遲而周邁終回復於舊都兮何必湘淵與
濤瀨婓芳非反往來皃孔子異姓之臣其去魯也但政亂耳未有危亡之釁也可去而去
可歸而歸與屈原事全不相似雄說誤矣溷漁父之餔歠兮絜沐浴
之振衣棄由聃之所珍兮蹠彭咸之所遺漁父事音
義見本篇由許由聃老聃蹠蹈也之亦反許由事不經見雄亦本不之信今乃言之已爲牴牾
而又不察其生當堯舜之間身無讒賊之禍與原事亦不相似也老聃之學私於爲我而無君

臣之義亦雄所知至此乃以爲言亦其貪生惜死之心勝是以溺焉而不自知耳

丹陽洪興祖曰揚雄所以譏屈原者如此而班固亦譏其露才揚己顏之推又病其顯暴君過愚嘗折衷而論之曰或問古人有言殺其身有益於君則爲之屈原雖死何益於懷襄曰忠臣之用心自盡其愛君之誠耳死生毀譽所不顧也故比干以諫見戮屈原以放自沈比干紂諸父也屈原楚同姓也爲人臣者三諫不從則去之同姓無可去之義有死而已離騷曰阽余身而危死兮覽余初其猶未悔則原之自處審矣或又曰甯武子邦無道則愚而仲山甫明哲以保其身今原乃用智於無道之邦以虧明哲保身之義亦何足爲賢乎曰愚如武子全身遠害可也有官守言責斯用智矣山甫明哲固保身之道然不曰夙夜匪解以事一人乎士見危致命況同姓兼恩與義而可以不死乎且比干之死微子之去皆是也屈原其不可去乎有比干以

任責微子去之可也楚無人焉原去則國從
而亡故雖身被放逐猶徘徊而不忍去生不
得力爭而強諫死猶冀其感發而改行使百
世之下聞其風者雖流放廢斥猶知愛其君
眷眷而不忘臣子之義盡矣非死爲難處死
爲難屈原雖死猶不死也後之讀其文知其
人如賈生者亦鮮矣然爲賦以弔之不過哀
其不遇而已余觀自古忠臣義士慨然發憤
不顧其死特立獨行自信而不回者其英烈
之氣豈與身俱亡哉仍羽人於丹丘留不死
之舊鄉超無爲以至清與太初而爲隣此遠
之舊鄉超無爲以至清與太初而爲隣此遠
遊之所以作而難爲淺見寡聞者道也仲尼
曰樂天知命故不憂又曰樂天知命有憂之
大者屈原之憂憂國也其樂樂天也離騷二
十五篇多憂世之語獨遠遊曰道可受兮不
可傳其小無內兮其大無垠無滑而魂兮彼
將自然壹氣孔神兮於中夜存虛以待之兮
無爲之先此老莊孟子所以大過人者而原

獨知之司馬相如作大人賦宏放高妙讀者有凌雲之意然其語多出於此至其妙處相如莫能識也太史公作傳以爲其文約其辭微其志絜其行廉其稱文小而其指極大舉類邇而見義遠其志絜故其稱物芳其行廉故死而不容自踈濯淖汚泥之中以浮游塵埃之外推此志也雖與日月爭光可也斯可謂深知己者揚子雲作反離騷以爲君子得時則大行不得時則龍蛇遇不遇命也何必沈身哉屈子之事蓋聖賢之變者使遇孔子

當與三仁同稱雄未足以與此班孟堅顏之推所云無異妾婦兒童之見余故具論之

嗚呼余觀洪氏之論其所以發屈原之心者至矣然屈原之心其爲忠清絜自固無待於辯論而自顯若其爲行之不能無過則亦非區區辯說所能全也故君子之於人也取其大節之純全而略其細行之不能無弊則雖三人同行猶必有可師者況

如屈子乃千載而一人哉孔子曰人之過
也各於其黨觀過斯知仁矣此觀人之法
也夫屈原之忠忠而過者也屈原之過過
於忠者也故論原者論其大節則其它可
以一切置之而不問論其細行而必其合
乎聖賢之榘度則吾固已言其不能皆合
於中庸矣尚何説哉且凡洪氏所以爲辨
者三其一以爲忠臣之行發其心之所不
得已者而不暇顧世俗之毀譽則幾矣其

一引仲山甫甯武子事而不論其所遭之
時所處之位有不同者則疎矣其一欲以
原比於三仁則夫父師少師者皆以諫而
見殺見囚耳非故捐生以赴死如原之所
爲也蓋原之所爲雖過而其忠終非世間
偷生幸死者所可及洪之所言雖有未至
而其正終非雄固之推之徒所可比余是
以取而附之反騷之篇

楚辭後語卷第二